彼方より、彼方へ――

今里あきら作品集

Akira Imazato

文芸社

まえがき

父と母がいた――。

でなければ今の自分が存在するはずもない。

家族という安住の場所で自由自在に生きていることが許されていた。今思うと、それが当たり前としか考えていなかった。


巣立ちの時――。

夢も目標も何も持たず歩き出している娘を見ても、心配ないよとばかりに見ているだけの父と母。私はというと、こちらから相談することもせずに歩いていた。

親の手が放れたその時から考えさせられる日々が私を待っていた。大人でいることの何と苦痛の多いことだろう。仕事でも遊びでも自分の責任が伴うことを思い知らされる。

家庭を持つこともなく、親となることもなく、一人生きてきた。根っからの自由人なのか、私は――。

時折思ったものだ。人は私をどう見ているのか。そしてすぐ打ち消した。
私は、どう生きても私でしかない。

自問自答で日々を送る私は、日頃の思いを言葉でだれかに語ることはなく、その折々の心情をノートに書き残した。
一編の詩という形にして――。

父と母がいた――。
それは、私の原点にほかならない。だから私は今ここにいるのだ。
「帰りたいところはどこ――」と聞かれたら迷わず、「昔」と答えるよ。
とうさん、かあさんがいたあの頃に――。
今強く思わずにはいられない。そこにこそ大切な時間があったのだと。

彼方より、彼方へ——今里あきら作品集

目次

エッセイ　与えられた自由に

詩　西の稜線

日だまり

木漏《こも》れ日のあたる縁側に腰掛け目を閉じる
思いだすのは古びた茅葺《かやぶ》き屋根の
傷だらけの縁側のある家

二人の遊び場所はいつもここ
広告の裏でお絵かき　おはじきもした
遊ぶかたわらには
いつも姉さんかぶりのかあさんがいた
大根を切って切干し大根づくり
時折手を休め私達を見て目を細める

もうすぐ冬がくる頃
秋の弱い日差しが温める縁側で
かあさんは冬支度

小さくなったセーターをほどいて毛糸玉
切れた毛糸を頂戴《ちょうだい》とせがんでは
綾取りを教えてと仕事の邪魔ばかり

これからくる厳しい冬　少しも心配なんてなかった
あったかい火燵《こたつ》で家族団欒《だんらん》
かあさんの手料理が待っている
冬の遊びも楽しみだった
きっとあったかい手袋とマフラーもあったから
かあさんがいつも笑っていたから

春・夏・秋・冬
古びた茅葺き屋根の
あの傷だらけの縁側
そこはいつも日だまりだった

麦を踏む

春まだ浅い晴れた日
かあさんは畑に出る身支度をする
絣《かすり》のモンペに地下足袋《じかたび》
手拭いで頬被り
かあさんは畑で麦を踏む
春のホッコリとした畑に
青い麦は幾筋もの線を引く

春の大地は青い麦を育む
青い麦は黒い大地に根を張る
朝の露は生命を注ぐ
かあさんは青い麦に語りかける
「強くなれ、強く根を張れ」
「踏まれても負けるな、いい麦になれ」

かあさんは青い麦を踏む

かあさんは時折足を止め腰をたたく
春の空を見上げながら汗を拭く
かあさんは遠くを見ている
青い麦がいつか穂を付け
畑一面に黄金の実りの時を迎える日を
強く育った麦達を
かあさんは畑で麦を踏む

故郷

帰ろう故郷に
ここは終《つい》の地にする所ではない
ここは終の住まいを持つ所ではない
風も違うと言っている
心の透き間を通りすぎるだけ
空を見上げても涙は零れ落ちる
大地に温もりはない
冷たい茵《しとね》と思い知った
寂しい所
仮の宿でしかなかったのだ

帰ろう故郷に
育った家はもうないけれど
父や母も今はいなくとも

風は待っていてくれる
絡みついて又遊んでくれるだろう
空も一緒に歩いてくれる
大地は春 夏 秋 冬
その時の香りを蓄えて待っている
帰っておいで――
帰っておいでと呼んでいる

つなぐ手

よちよち歩きの小さな手は
いつもかあさんに握られていた

野山を走りまわるお転婆《てんば》な手は
にいさんと遊んでいた

学《まな》び舎《や》に集う仲間達
つながっては離れる沢山の手があった

感傷的な自分を知り
悩む自分と向き合った

自立を目指す手は欲張り
前しか見ない自分は盲目

手を伸ばせば握ってくれる手もあった
その時この手は振り払っていた

求めても求めても
叶わない時もある

傷つき涙を流した時
憧れと現実の多くの違いと向きあった

永遠を探し
永遠などないと知る

もうやめよう
自分に言い聞かせる

一人で生きてゆこう
自分に言い聞かせる

空を見上げそこに手を伸ばす
かあさん——
つなぐ手を探す自分がそこにいる

女郎花

山野辺に咲く女郎花《おみなえし》
凛《りん》とした立ち姿が美しい
頂きに黄色い小花
そのひとつひとつが思いのようで
何故か寂しい女郎花
誰にも知られず散る様は
まるで声ない涙だね
ハラリハラリと涙だね
拭い切れない思いが多すぎて
あふれる涙が多すぎて
山野辺に咲く女郎花
生き様が姿となって
女の化身を生きている

この道

この道は　夏夕涼み　にいさんと蛍狩り
ひかり追いかけた田んぼ道
空に流れる星よりも二人の時が流れてた

叱られて家を飛びだし　泣きながら歩いた夜道
追いかけてくれたとうさんと
二人見上げて指差した
道標《みちしるべ》のような北斗星

立ち止まる足元に
アスファルトの長い道
そこには何もない
追われる毎日に残す溜め息

この道は山へと続く　大好きな四季折々が
たくさんの時間をくれた道
ただいまって言ったら　おかえりって聞こえたよ

この道にかあさんがいる　春も秋もかあさんがいる
いつも手をふり呼んでいる
夏の木漏《こも》れ日それに似て
冬の日差しのそれに似て

振りかえれば懐かしい
石ころだらけ細い道
思い出だらけ細い道
遠い故郷に今もある

芒

荒野に生きる芒《すすき》
その強さが愛しい
風が吹けばそれなりに
雨が降れば濡れるだけ
石ころだらけの荒れ地に生きる
その身の上を知りながら
逆らうことなく愚痴ることなく
天に向かう姿は清々《すがすが》しい

荒野に生きる芒
そこに生まれそこで生きる
共に生きて貴い命を思い合う
倒れた時はなにくそと
踏まれた時は負けはしないと

強い生命力が美しい
荒れ地に生きるとはこういうこと
こうありたいと生きている

荒野に生きる芒
その神秘の時
尾花が造り出す
銀色に輝く世界
太陽の光を全身に受け
風の愛撫《あいぶ》を限りなく受け
命を解き放ち命を喜ぶ
暮れてゆく太陽を惜しむ

その日の光を最後まで見送る
最後まで見送る

荒野

今歩く高野
一歩歩いて父の為
一歩歩いて母の為
祈りの一歩をつづける

父の願いの高野参り
母に会う為の高野参り
握った父の手は冷たく弱い
この手を放したら
父は母のもとへ行ってしまう
「かあさんまだだめ呼ばないで……」

一歩一歩歩く意味
何と苦しいことか

一歩歩いて父の為
一歩歩いて母の為
祈りの歩みはつづく

今一人歩く荒野
一歩歩いて父を呼び
一歩歩いて母を呼ぶ
この世の荒野を歩いている
嘆きの声は聞こえるか
祈りの声は聞こえるか

あの日の夕焼け

赤いあざやかな赤　西の空から東へ
赤い紅に染まる　空一面に山の稜線《りょうせん》までも
だけど今日の夕焼けは　あの日と違う

赤くどこまでも赤　空の雲さえも染めて
真っ赤に燃やして　故郷《ふるさと》全部を焼きつくす
だけど今日の夕焼けは　あの日と違う

あの日見た夕焼けは　二人
故郷の景色が全部　燃えてしまっても
つながれた手は強く
だから怖くはなかったよ

赤い赤より赤く　見ている私さえも赤く

赤い思い出は　ここにいる
けれど今日の夕焼けは　あの日と違う

赤くこの世の終わりを告げるように
燃えて燃えて消えてゆく
けれど今日の夕焼けは　あの日と違う

あの日見た夕焼けは　二人
故郷の景色はここにかわらずあったけれど
ひとり立つ私も消すように
西の暗闇に消えてゆく

夜の川

あとすこしで雲が月明かりを遮ってくれる
誰も見てはいけない
誰も聞いてはいけない
この暗闇の中で私がこれからする行為を――
誰も見てはいけない
誰も聞いてはいけない
この夜の川に葬ろうとしている時間を――
何者達も記憶という中に残してはいけない

月明かりは雲の中
灯は遠い町の灯だけ
土手を降りまっすぐ歩けば川の辺
鬱蒼とした草達よ
私の姿を隠しておくれ

暗闇よ
その中に私を溶け込ませておくれ
静かに聞こえていた川の流れが近い
私の行き先を導いている

川の辺に立ち心を解き放つ
過去という時間を解き放つ
渡ることの出来なかった思橋
そんな橋など流れてしまえ
遂げることの出来なかった愛憎
そんな思いは流れてしまえ
ああ――ひとつひとつは言うまい
心に深く沈めていた全ての煩悩達
さあ――流れて行け
どこまでも
どこへでも自由に流れて行け

ここに止まることはない

夜の川
私の心が後悔だらけだったなら
二度と振り返らぬよう跡形もなく
持ち去っておくれ
夜の川
私の頬から涙などというものが落ちたら
川の水の一粒に迎えておくれ
夜の川
私の瞳が未練を宿していたならば
忘れる術を教えておくれ

あと少しで雲が流れ
月明かりが射すだろう
誰も見てはいけない

誰も聞いてはいけない
この暗闇の中に心の再生を求めたことを
誰も見てはいけない
誰も聞いてはいけない
夜の川に浄化の時を求めたことを
水面に鋭い輝きを見た
暗闇の中にすべての情景が踠《もが》いている

夜の川
流しておくれ
夜の川
消しておくれ
別れは言わず見送ろう

老いの歩み

「今日はどこまで歩きましょう」
「歩ける所まで――」小声で答える
「ゆっくりゆっくり歩きましょう」
小さな歩みを一歩二歩……
ふと止まり窓の外に目をやる
「何を見ているの」
返事は指差した空にあった
今も沸き上がる入道雲
青空を埋めつくす程に天高く
「夏ですね」

「今日も暑くなりそうですね」
見る見る大きくなる入道雲
そこに時間《とき》が流れる

見上げるその目が少し潤んでいるような――
過ぎた夏の日をそこに見たのか
遠い雲のその先に何を見たのか
深い溜め息をひとつして
目を足元に――
「もう少し歩こうか」とつぶやいた
「そう――。ゆっくりね」
窓の外
あの雲もゆっくりゆっくり流れているよ

鎮魂歌――父へ

とうさん――
あなたに似ているとよく言われました
「女の子は父親に似ると幸せになれるよ」
なんてね勝手なことを――
それがとても嫌でした
何より仕事仕事第一で
何をおいても家の事自分の事より人の事
父はお人好しで
典型的な外面大事の人でした
母はその分大変――
家の事はかあさん
家事畑仕事子育てと家に縛られて
それでも愚痴も言わないで熟《こな》していました
そんな姿を見て育ったからでしょう

とうさんあなたが嫌いでした
そんなとうさんに似ていると言われることが
たまらなく嫌でした
かあさんに苦労させて
かあさんを顧みない
とうさんあなたが許せなかった

なのに——
なのに私は大人になって
あなたと同じになっていました
家の事より仕事
かあさんの手伝いより自分の事人の事
頑固な自分を知りました
自分の悩みは誰にも相談しない
もちろん父にも母にもね——
全て自分で決断——

とうさんあなたに似ているよ
今更あなたを理解出来るなんて
弱みは決して家族に見せず
他人の相談事を自分の事のように
考え行動する
きっと陰で一人泣く時もあったでしょうね
言葉にはせず
生きてゆく事の何たるかを
教えてくれていたのでしょうね

時々あなたの声が聞こえてきます
「幸せか――」
娘に対する愛情は
あなたの内にあったのでしょうね
ふとあなたの姿を見たような
そんな時があります

「ごめんね」
いる時に言えなかった言葉を
ここに持っているのです
「嫌いだなんて言ってごめんね」
抱きしめられた記憶などなかった
その腕の中で伝えたい
「とうさん——
私はあなたの娘です」

生きる

春がくる
色とりどりの花に囲まれ
生命力を実感する
笑顔と夢を抱きしめる日々
春の穏やかさに飽きる頃

夏がきた
深い緑と強い太陽の日差し
刺激的な季節
自分が変わってゆくことに気付き
立ち止まってしまう

知らぬまに秋に――
静かな日常が恋しく

秋の訪れを悼《いた》むように
地上の終焉をむかえる
足早に去る季節

冬がくる
心も体も眠らせて
涙は凍らせて
心を研ぎ澄ませ
もう一度生きる道をさがす

眠りから覚め
春を感じたら
さあ又生きてゆこう

生きる（2）

私は今ここにいる
足をまっすぐ地につけて立っている
空を見上げ　その下にいる自分を知っている
目を閉じて両手を広げ風を感じる

私は今前を向いている
過ぎた日々に両手をあわせ
来る日を心澄ませて受けとめる
一日一日をこの腕で抱きしめている

私は両の目で見つめる
この身を守る四方の山々を
多くの日々を共に過ごした大地を
春・夏・秋・冬　すべてがある現世を

私は今生きている
出会いと別れを繰り返し
若さから老いてゆく苦しみを知り
振り返ることの空しさを知る

私はまだ生きている
生きるということの意味を知る
私はまだ生きてゆく
生きるということの意味を知る

静かな昔

帰りたいところはどこ
そう聞かれたら
迷わず昔と答えるよ

とうちゃんかあちゃんがいた
そして兄弟みんながいたあの時
話して笑って喧嘩《けんか》して
そんな毎日が当たり前のようにあったね

ボロだった家
建て替える前の古い家
目を閉じて思い出す情景
柿の木　沢山の実をつけたからたちの木
黒光りした縁側

みんなあったかかったあったかかった
それはずっと続いてゆくはずの
穏やかな日々
でもなくしてしまった
私の毎日が忘れていったから

帰りたいところはどこ
そう聞かれたら
後ろを見て目を閉じる

小さな火燵《こたつ》を囲んだ冬の日
そこに本当の温もりがあったんだ
家族みんなの足と足が触れあって
互いに話がはじまったね
にいちゃんと近所の友達で遊んだ森
今では山奥に続く道も消えて

木々も伐採されて姿を変えている
ズボンをまくり上げ
ずぶ濡れになりながら魚を追った川は
コンクリートで造られた土のない川に——
自然のなかで遊び育った私はここにはいない
でも聞こえるよ笑い声が——
閉じた目の奥に
全ての昔が残っているよ

帰りたいところはどこ
そう聞かれたら
迷わず昔と答えるよ

涙

涙が流れたら拭けばいい
涙が流れたら自分でね
子供の頃涙は――
涙はスーッと頬を濡らしておちた
今は皺《しわ》をつたって滲《にじ》んでしまう

涙が流れたら拭けばいい
涙が流れたら自分でね
子供の頃泣いていたら
かあさんが拭いて抱きしめてくれた
今は誰にも見せたくない

涙が流れたら拭けばいい
涙が流れたら自分でね

無情

遠く前方に浅間山《あさまやま》
長い裾野を引き変わらず美しくある
右前方に故郷そのものの独鈷山《とっこさん》
今日は青葉若葉の衣を羽織り無言でそこに
あの日のままの故郷
原風景よ
子供の頃のように話を聞いてくれるかい

生きてきた
どうにか生きてきた
けれど重ねた過去が重すぎて
苦しくて――
生きた証しと言えばそれまでのことなのか――
なぜ

過去という時間を通らねば
ここまで来ることができなかったのだろう
なぜ
過去は過去でしかないのか解らない

今
私は何も持たずにここに帰った
財産というもの
名誉というもの
残したものなど何もない
手にしたと握りしめてもほんの束の間
知らぬ間に消えていた
過去がみんな持ち去っていった
無情だ
すべて無情だ——

あの日のままの故郷
原風景よ
すべての答えは
この無言の中にあるのか
この中にこそあるのだろうか

一生涯

生まれるという神秘
生きるという芸術
生きて花を咲かせるという歓喜
そして
苦痛が　老いるという苦痛が――
そして
絶望が　死に向かうという絶望が――
全てを静かに受けいれよう
等しく誰にも訪れるのだから
生涯という完成が
その先に見えてくる
生命の
宇宙の摂理を知る

散る日まで

赤い花は
赤い花のまま咲いて散る
白い花は
白い花のまま咲いて散る
そうあるように
私は私のまま生きて散ろう

そこに空があればいい
青い青い空があればいい
空は太陽を抱き
夜は月を抱く
かわることなく
そうあればいい

ここに山があればいい
緑茂る山があればいい
風が流れれば共に歌い
雨が降れば生命を尊ぶ
大地に大いなる
姿を生きる

忘れる術

私は忘れない
なのにあなたは忘れたと言う
思い出という最高の時間をおいて
二人でつくった最高の時間を残して
あなたは全部忘れたと言う
いっそ何も残してほしくはなかった

美しい風景
今は涙で霞《かす》んで見えない
美しい季節
今は今がいつなのかさえ解らない
美しい空
今は見上げる勇気さえない
美しい日々

今は通りすぎてしまった
二人でいた美しい全て
二人でいた大切な全て

私は忘れられない
なのにあなたは忘れられたと言う
一人だけの時間にする術を教えて
思い出という時間を
真白にする術を教えて
あなたの全てをすてる術を教えて

迎え火

「お帰り、待っていたよ」
時間は流れ
昔を運ぶ

「お帰り、やっと会えたね」
時間はあの日に
思いを運ぶ

迎え火
静かに光を放つ
迎え火
過去と現《うつつ》の
永遠の時を連れ
燃える

「お帰り、ありがとう」
言葉少なく
昔を運ぶ

「お帰り……」
差し出した手に
かすかな充実が返る

迎え火
静寂の中の思い
迎え火
消せない思い
暮れてゆく時間の中に
その火だけがゆれている

鐘

低く低く腹の底に押し込むような低い音
暗い静寂の中を流れ
消えそうに流れる
重い鐘の音を五体は受け止める
五体深く突き刺さる

低く低く地を這《は》うように流れる低い音
「苦しいか　吐き出せ」
「切ないか　吐き出してしまえ」
「忘れろ　すててしまえ」
「何も聞くな　何も見るな」

体に絡みつく音が言葉になって惑わす
足下から這い上がって絞めつける

抑えていた感情が
次から次へと込みあげてくる
煩悩が溢《あふ》れ出す

あと少しで今が過去になる
あと少しでまだ見ぬ新たな時間が来る
心に巣食う煩悩たちよ
過去の時間の中に沈めてゆくことを許せ
戒めの鐘が鳴る

精神の奥に戒めの矢を放ち
除夜の鐘の音は消えてゆく

教えて

風が北から吹いてくる
押されるままに南へ向かおう
きっと会えるよね会いたい人に

雨がはらはら降ってきた
少しくらいは濡れても平気
ちょうど涙を隠せるだろ

誰か教えて
愛ってなあに
愛することからはじまるの
それとも
愛されることから

冬が寒くてつらい時
温めてくれる誰かがいたら
耐えられるよね　幸せだよね

空の雲に聞いてみた
自由な雲が羨ましくて
どこへ行くの　誰のところへ

知らずに生きる
たえきれなくて
愛の意味と行方《ゆくえ》をさがす
こたえは
どこにあるのだろうか

部屋

小さな部屋
私の全てがある部屋
全財産と生活
過去と未来
休息と労働
私の全てを知る部屋
寛ぎの時間と眠りの時間
苦痛の時間と幸福の時間
四季折々の時間
四角いテーブルが私のテリトリー
簀《す》の子《こ》ベッドの布団《ふとん》がくれる安眠
無の時間を埋めるためのテレビ
現実と想像をそこに見る
小さな庭のバラの鉢植

杜鵑草《ほととぎす》と紫陽花《あじさい》
花の時期を待つ喜びを教えてくれる
小さな世界
私の全てがある世界
窓を開け夕日を見送る時
今日が終わることを知る
小さな部屋の現実を知る

一日花

木槿《むくげ》が咲く
五弁の白い花びら
内に燃える紅を秘め咲く
一日花
若すぎる愛の日
その一日に全てをかけた
この愛の姿そのもの
多くを望まず
一途すぎるこの手は
煩悩を抑えきれず
あなたにのばしてしまう

木槿が咲く
永遠を夢見てしまう

内に燃やす紅を更に紅く
一日花
この一日が過ぎれば
明日もまたと夢見てしまう
終わらせるはずが　そのはずが
終わりのない業を燃やす
否　はじめから終わっていた愛
私の愛は木槿
一日花

横顔

あなたの左
二人で歩く時の私の場所
とりとめのない話
呼ぶ時も
あなたの返事は前を向いたまま
私は足早に歩くあなたの
左の顔を追いかけた

半分
あなたがくれた愛さえも
半分
あなたの心はあったのか
私が見ていたのは
あなたの横顔

あと半分は誰のもの
あと半分は思い出せない

ゆれる横顔
日のあたる窓辺　頬杖をつく
本を読むあなた
見なれた姿
カーテンをゆらす風の悪戯《いたずら》
私はそんな時間が
大切な時と信じていた

横顔
あなたの顔がわからない
横顔
あなたの愛の行方《ゆくえ》さえ
私が知っていたのは

ゆれる横顔
今はどこを見ているの
その横顔で見ているの

おとずれ

小さな殺風景な部屋に
花を飾りました
春のおとずれを感じられるように
黄色いフリージアを飾りました
静かな香りが体に流れる
瞳の奥に明るい春が宿る
心におとずれる春
やさしい気持ちが溢《あふ》れだす
「ありがとう」
フリージアにそっとつぶやく
「ありがとう」
こんな小さな部屋にも春はくる
明日はもっと春がくる

そこに生きている

朝靄《あさもや》の切れ間から
差し込む光が
若葉の一滴《ひとしずく》に気づかせてくれた
その清々《すがすが》しさ
あなたはそこにいたんだね
いなくなった寂しさに
見えなくなっていた
額に汗して生きる教えも

北風の冷たさに
首を竦《すく》めた
コートの衿《えり》を立て顔をかくして
その弱ささえ
あなたは叱ってくれた

前を向いて歩けと
逃げてはだめだと
顔をあげて強く生きろと

あなたの歩いた道
あなたの見上げた空
どこにでも見つけられる
そこに生きている
そこであなたは生きている

故郷のたんぼ道
いつも咲く花は
誰も知らないけれど　だけど咲くんだと
そう話してくれた
あの時の笑顔
今になって解る気がする

咲く花の意味も
生きることの意味も笑顔の意味も

あなたの声が聞こえる
あなたの姿が見える
こたえはそこにあるから
おいかけてゆくよ
そこで私も生きられる

路傍に咲く

路傍に咲く
名前も知らない花に足を止める
その花の和《やわ》らかな色に癒される
その花の密やかな姿に目を逸らせない
その花の風を受け止める
嫋《たお》やかさに教えられる
「生きるってこんなものだよ」
路傍に咲く
名前も知らない花に足を止める
その花のさり気ない香りに気付いたら
その花の小さな命を愛おしいと感じたら
その花の声無き声が
きっと聞こえてくるだろう
「命っていつかは終わりがあるんだよ」

愛のかたち

わからないの　ねえ言って
わからないから　だから言葉にして
あなたの大好きな場所も
あなたの大好きな景色も
全部知っていたいから
全部覚えていたいから

こっちを向いて笑顔を見せて
ふり向いた時　笑っていてね
あなたの愛で深まりたいから
あなたの愛でつつまれたいから
全部思い出になるように
全部宝物になるように

知っていたかな　どうかな
知ってほしい　だから言うね
あなたとつないだ手がね
まだ温もりを忘れていないの
全部大切な時だった
全部忘れられない時だったの

愛ってね　ふと思い出してわかったの
愛ってね　さりげなく伝わっていたの
今だからわかったの
小さな愛がとても大きな愛だったと
愛していたと今更に
耳元でささやくのです

一枚の絵

遠い記憶
忘れられない時間
甘い空間　夢見てた日々
一枚の絵の中に
思いの全てを残せたら
薄れゆく時間達を失わないように

過去の全てを
強く抱きしめて
いつも美しかったと語り合おう
一枚の絵の中に
語りかけ微笑んで
そっと口づけを届けよう

そう　語ることのなかった愛
愛――
そう　私だけの愛
愛――
一枚の絵の中に
真実を残せたら
語りかける幻想をここにおきたい

森のなか

素足にズックぐつを突っ掛けて
履き終わらぬまま外へ駆け出す
裏の畑を突き抜ける
田んぼの畔道《あぜみち》を走る
山へ　森へ
田園を渡る風も背中を押す
草も足に絡まぬように道をあける

「来たよ」大きく息を吸う
木々の香りが――
昨日の雨で水をたっぷり吸った木々達は
生き生きとした息を吐いている
生きている森
生きている全てを感じる

歩くたびに語りかける木の葉達
カサカサカサカサ落ち葉が足を擽《くすぐ》る

切り株で一休み
心地よい風が体を休息へと誘う
ここは全身を受け入れてくれる唯一の場所
木々の葉は日差しを柔らげるカーテン
ここは全身に優しい唯一の場所
耳には小鳥達のメロディー
ここは素でいられる唯一の場所
ここは森のなか
ただのちっぽけな生きものでいられる
ここはオアシス

石として

爪先の石ころに気づき
歩みをとめる
もしも気づかず歩いていたら
蹴っていたか
踏みつけていたか
ふと石を思う
石に心があったならと
どう思ったろう——

蹴られたら転がって転がって
また道端の石ころになればいい
そんな生き方もいいだろうか
ただ石ころとして
ただ石として

踏まれたら何くそと
逆に足を傷めてやる
反骨精神があるのだから
やられたらやりかえせばいい
ただ石ころとして
ただ石として

夏の響き

八月の強い日差しを浴びて
日増しに輝きを強くする
朱いほおずき――
八月の深い緑の中ひとつふたつ……
可愛い小さな袋
朱いほおずき――

強い日差しを避ける木陰から
静かに染みるように流れる音色
ビュービューグゥービュー……
かあさんがほおずきで遊ぶ
ほおずきの種を抜き息を吹き込み口に――
上手に操って音を出す

かあさんに教えてもらって私も
グッグッブーブッブッ……
上手く出来ない
かあさんの音が出ない
繰り返すうちにほおずきが破れてしまった

八月の朱い風に誘われて
今日は久しぶりにほおずきを鳴らそうか
八月の強い日差しの中
かあさんまで届くかな
ビューービューグゥー
そこまで届いていますか

追伸
まだ貴女のように上手に吹けません

彷徨う友　カミーユ・クローデルへ

カミーユ――
ああカミーユ・クローデル
その透き通った頬を
まだ涙で濡らしているか

今の私には
あなたの苦しみが解る
今の私には
あなたの悲しみが解る
行き場のない心が彷徨《さまよ》う辛さ
行き場のない思いを抱く寂しさ

カミーユ――
ああカミーユ・クローデル

そのあり余る才能と
深い思いを燃やしているか

今もまだ
頂きを目差しているでしょう
今もまだ
輝きを放っているでしょう
受けとめられることのない自分の全てと
知りながらその手で燃やしているのでしょう

カミーユ　聞こえているか
カミーユ　見えているか
カミーユ　永遠であれ

昔語り　――春の庭――

毎年　梅の老木にひとつふたつ花が開いて
春はそこからはじまりましたね
福寿草は松の木の下
こぼれ松葉を押し上げて顔を出した
庭の土がホッコリホッコリ
長い冬の眠りから覚めて笑いはじめた
あちこちで草が芽を出し
かあさんの草毟《くさむし》りがはじまりましたね
雪柳　チューリップ　連翹《れんぎょう》
あちこちで花がその時を迎えました
池の辺にあった満天星《どうだんつつじ》
とうさんが植えたのでしたね
満天星「夜空に満天の星があるように――」
そのとおりの花ですね

四月この花が咲く頃
かあさんは満天の星のひとつになりましたね
美しい花の季節
春の庭に立ち　思いはあなたに――
さあ少しの間話しましょう
ほら空からこの庭に咲く花達が見えるでしょ
あなたが好きだった花達が
思い出の花を咲かせていますよ

昔語り　――嵐の夜は――

風が吹き付け雨戸を揺らす
遠くに聞こえた雷がどんどん近づいて
バリバリッと天井を突き破る音
怖かった――
「近くに落ちたかな」と、とうさんが言った
その直後電気が消えて
テレビも途切れ部屋は真暗闇になったね
かあさんがローソクを持ちに立つ
北の間で勉強していた兄達も茶の間に来た
家族がひとつの部屋に集まった
聞き慣れた声に怖さもうすれた
「もう大丈夫だよ」とかあさんの声
ローソクの灯がみんなの顔を温もり色に染めていた
外は相変わらず雨と風が吹き荒れている

だけどこの部屋の穏やかさ――
スーッポッポッ　ローソクが揺れる
消えない灯が揺れていた
この嵐で稲が倒れて大変だと心配するとうさん
ほんとうにと頷くかあさん
宿題が終わっていないとぼやく兄さん
小さい兄さんは食べ頃だった柿の木の心配
家族団欒《だんらん》が続いたね
いつか嵐であることも忘れていたね
今日はあの日のような嵐
一人で写真に向かって語りかけています
時々思い出しています
あの穏やかな時間
ローソクを灯してみましょうか　あの日のように

昔語り　――かくれんぼ――

見なれた田園に風が流れる
目を閉じて風を聞く
「もういいかい」耳が声を探す
「もういいかい」風が泣いている
いつの頃からだろう
呼んでも応答がなくなって
仲間を探す風だけが一人遊んでいる

大きな柿の木の上
積み上げられた薪の影
裏の畑の桑畑
その畑のむこうの田んぼの畔《あぜ》
ほらあそこ――
あそこも全部この田園は

子供達の遊び場だった
笑い声が聞こえない
みんなどこで遊んでいるのだろう
「もういいかい」風がかくれんぼしている
「もういいかい」風がひとりで遊んでる
あの日と同じ田園はここにある
「もういいよ」だけど——
遊ぶ仲間達はどこにもいない

杜鵑草《ほととぎす》

夏がゆく
青い空がやけに高い
思いたち
夏の名残を探して原生林へ
木々を分け入り
沢の音を聞く
誘われるままそこに向かう
日差しもゆるい谷間
ああ——ここに——
目を奪われた
その姿密やかに
紅紫をちりばめた小さき花
杜鵑草——
待っていたのですか

気付いてくれるのを
待っていたのですね
人知れず咲くその身の寂しさ
嘆くようにその身を傷つけて
杜鵑草――
その小さき花
神秘の命を称えよう
汚れない姿を抱きしめよう
共に語り合おう
この原生林に生きる証を
共に語り合おう
この命を生きる証を
この胸深く刻み
忘れる事なく描き続けよう

ほととぎす

不如帰《ほととぎす》
この世に生を受け空を飛ぶ
杜鵑草《ほととぎす》
この世に生を受け花を咲かせる
ほととぎす
共に同じ名を持ち生きるもの
空を飛ぶ不如帰
地上の休息を夢に見る
山地に咲く杜鵑草
空高く飛ぶ夢を見る

互いに互いの化身となり
夢と現《うつつ》を生きるもの
美しく生きるもの

ゆき　――雪ものがたり――

私は雪
私は雪
私は北の国
寒い寒い寒い北の国の雪
私は雪
私は雪
私は白い白いまっ白な雪
この身は冷たく冷たくあるけれど
この心はあつく夢多く
雪の命を生きている

私は雪
私は雪
高い高い山の頂きを舞う雪

私は雪
私は雪
私はこの高い山の頂きを舞う雪
この身はこの高みでしか生きられない
この心は願いを抱きしめて
雪の世界を舞っている

「ずっとここに生きていたい。
ずっとこの山の頂きで舞っていたい。
もうすぐ季節がかわり、旅立ちの時がくる。
この高みから下界へ……、それは雪の命を終わらせること。
下界に降りたらあの黒い大地に消えてしまう。
ずっと仲間達と離れずにいたいのに、
みんな一緒に消えなくてはならない……。
ねえ教えて山じい。
どうしたらずっと雪でいられるの。

もっと北の寒い国に行けばいいの、
もっと高い高い所に舞って行けばいいの。
雪でいたい。
雪でいたいのに」

「〝ゆき〟よ――」

「〝山じい〟。
ここにいてはいけないの。
私はこの頂きで永遠に〝山じい〟達と、
一緒にここにいたいの。
それは叶わないことなの」

「〝ゆき〟よ、永遠と言うか。
この世に永遠などないのだよ。
〝ゆき〟よ、ほらごらん。

この私でさえそうさ、ここでじっと動かずに
雨に打たれ風に叩かれ少しずつだが姿を変えた。
それはそれは永い年月だがな……。
私も昔はもっと高い山だった。そして大きかった。
険しい山だったが今はこの姿。谷間がたくさんできて体が流れ落ちた。
落ちてそれぞれ石になり谷間を流れて、
ほらあそこの川の岩になっている」

「〝山じい〟、けれどずっと生きていられるでしょう。
だから私もここにいたい」
「〝ゆき〟よ、ずっと動かずにここに立ち続けるということも
苦痛を伴うことだよ。
私も昔好きな所へ行きたいと、
違う世界を見てみたいとそう思ったことがあった。
でもそれは叶わないことだ。
神様から与えられた役目があるからね。

ここに立ち続ける意味、山であり続ける意味。
私の裾に広がる大地を守り続けなければ
ならないからね。
この大地に生きている全てに穏やかな風が吹きますように……。
私が盾になっているのさ。
雨が降ったらこの体にたっぷりと蓄えて
少しずつ大地に送ってやる……。
小さなことだけれど、それが私の宿命だ」

「神様からの役目……。
意味って……。
宿命って私にもあるの」

「〝ゆき〟よ、ほらいつも一緒に遊んでいた風もそうだよ。
風もいつも好きな所に自由に飛んでいるだろう。
あの子は今どこに飛んでいるのかな。

どこかへ行ってしまったね。
強く速く時にはゆっくり、
高く低く自由自在に飛ぶ風を幸せだと思うかい。
思いのままの風が羨ましく思えるかな。
風は止まることは出来ない定めだ、
止まる時は風の命を終わることだからだ。
それが風の宿命だ」

「〝ふう〟ちゃん、どこへ行ったかな。
きっと飛んでいるよね」

「ああ、きっと飛び続けているよ。
風には風の、山には山の、
この世界の全部に、それぞれの命の意味があるのだから。
雪もまた然り、旅立てばその多くを知るだろう。
雪は輝く宝石になる、そして光る一雫になる。

生まれ変わるのだよ」
「私が光る一雫に……。
それが私の雪の宿命」

「〝ゆき〟よ、下を見てごらん。
これからおまえが旅立つ所、下界だ。
きっとあの大地に降り立つまでにいくつもの命を見るだろう。
大きな木の命、小さな木の命、そうだ鳥達にも出会うだろう。
大地にはおまえの知らない多くの命がある。
草花、動物、川と呼ばれる場所、湖と呼ばれる場所、
それより大きな海も知るだろう。
〝ゆき〟よ、おまえを待っている人間もいるよ。
大人もいれば子供達もいる」

「えっ、待っていてくれるの」

「そうだよ、待っている。
出来ることならおまえの命のある限り、
たくさん遊んであげなさい。
そして雪の命の意味を知るだろう。
〝ゆき〟の命の宿命を知るだろう」

「季節が変わる。
旅立ちは……、その日は来るんだね」

「〝ゆき〟よ、おまえたちの雪の世界を
ここから見ているよ。
美しく輝く大地を見ているよ。
そして待っている。
私が山として生きてここにいられたら――。
一雫となり天上にのぼり、生まれ変わって

また雪となりここに来たら、
またここで会おう」

私は雪
私は雪
私は北の国
寒い寒い寒い国の雪
私は雪
私は雪
この身は冷たく冷たく
この心は熱く熱く燃やして
雪の命をとどけよう
〝ゆき〟の心をとどけよう

私は雪
私は雪

エッセイ　与えられた自由に

遥かな友へ

ここ二年程前からだろう、昔を振りかえることが多くなっています。

見慣れた景色に出合うと忘れていた情景が蘇《よみがえ》ってきては、そんな自分に驚かされます。

懐かしさか、未練かそれとも——。

三十三歳、最高の人生を歩んでいると思えた時、最も悲しい人生になってしまいました。

母が他界、そう私の厄年、そう私の厄を全部背負ってくれたように旅立ってしまったのです。今もそう思えてならないのです。

父は十年前に母の元に……。不思議に思うのは母は花が大好きだったからか、花に見送られるように四月の花の時に、父は実りの時を選ぶように十月に旅立ちましたね。

両親のいない家は遠くなるものですね。帰りたい気持ちにもならなくなりました。

ただ子供の頃遊んだ場所、大好きだった山や川、里山はいつも私を呼んでいます。

兄と登った柿の木や胡桃《くるみ》の木はもうありません。近所の友達と泥だらけで遊んだ粘土山も今は形を残していません。

でも、でもね、故郷の景色の中にいつも浮かんでくるのです。いつも「お帰り」って聞こえてくるのです。

自分の生き方に無駄があったのではないか、問題があったのではないか。この年になって今更考えてしまいます。

若い時にはそんなこと、少しも考えなかったものを。これが後悔というものでしょうか。いいえ、私は否定します。後悔ではないと――。

決して後悔するような生き方は選択してはいません。

仕事、生活の有様、恋愛についてもすべて。親に兄弟にそして友人に、相談ということをほとんどしたことがありません。

全部、すべて自分で決めて歩いてきました。

人の意見で自分の人生を左右したくなかったからです。意見によって、そしてその道を選んだ時、凶と出たらと考えたら――。

責任転嫁もしたくありませんでした。

自分で決めたことならば努力も倍となります。やれることはしたと満足もするでしょう。最悪の結果ならば自分でそれを受け止めるでしょう。はじめから後悔はないと決めているのです。

すべての責任は自分自身にあります。

父も母も私に自由をくれました。

何をしても、していても世話を焼くことをせずに静かに見ていてくれました。

勿論、勉強しなさいも言いませんでした。

そこから私の道ははじまっていたのでしょうね。


「道程」、高村光太郎の詩集との出会いは学生の時。詩集を求め読み、そして智恵子、貴女を知りました。

二人の世界に入り込んで出口のない迷路……。

でも神秘の世界ひとつひとつ、折々憧れになっていきました。

高村光太郎、智恵子それぞれの人間性と生き方、考え方、何より互いを思う尊敬と認め合う心の有様、お二人の生きた時に目を奪われました。

お二人には、男女のどろどろとした汚れた時間《とき》などみられません。

愛は純粋であり、生活は互いを尊重している。美しい愛、美しい人生を教えられました。

私の恋愛も斯《か》くありたいと……。

高村光太郎のような方を好きになりたい、そしてその方から愛されたい、自分に向けられる心は智恵子に注がれた時間《とき》のように……。

そのために、私はどうあるべきか考えさせられました。

智恵子が精神の病に冒されたのは純粋さ故であったからではないでしょうか。

自分の芸術への葛藤、さらに日常生活の厳しさ、何より夫婦の有様に悩み苦しんだのでしょう。

高村光太郎への愛が大きいから、大切だから、思いの強さに苦しんだのでしょう。

智恵子の愛に思いました。

「狂う程愛したい」。そしてそういう時を生きる人を愛しつづけた高村光太郎、お二人の愛の世界に真実を見ました。

智恵子は狂気の時にも光太郎だけは忘れなかったのですね。命ある限り智恵子の世界には光太郎は存在したのです。

高村光太郎の智恵子への愛も言葉に表せませんね。

詩集『智恵子抄』に、そして十和田湖畔《とわだこはん》の乙女像に残っています。お二人が天上の世界に旅立っても語りつがれてゆく、永遠の愛の世界を教えられました。

嫉妬を覚えます。

二十代を迎えようとする十九歳の終わり頃、一人の男性を真剣に見つめはじめました。

仕事に向ける情熱、言葉の端々に見せる意志の強さに引かれてゆく自分。

憧れが尊敬が愛にかわっていくのが解りました。しかしそれは決して決して許されることのない、望めない恋愛でした。

一般的には「不倫」といいます。

私の考えでは、あくまで私の気持ちの面では、その言葉にこの恋愛のすべてを同化させたくはなかった。

都合の良い言い訳と笑ってください。

仕事では彼は上司でした。物事に対する的確な判断、決断、そして知識。すべてが魅力で、私の生きてゆく道標となっていきました。

私は彼の部下ではなく、彼と同等となる道を模索し、一歩でも近づきたくて、努力し、勉強を続けました。生活のすべてが彼と仕事に向かってゆき、恋愛は女性の喜びには程遠い時間になっていきました。

彼に認められること、彼と同じ目標に向かってゆけることが最大の喜びとなっていたのです。

誰にも言えない愛でした。

両親にはもちろん、兄たちにも。友人たちにも言えずに自分の中だけにしかない世界でした。

悩みも自分で、喜びは秘めて、今思うに私はそんな世界に酔いしれていたのでしょうか。

「愛されるより愛したい」私の愛の形でした。

そして、私の恋は十五年の歳月を要し、終わりを迎えました。

出会った時、私は十九歳、彼は三十七歳。別れの時は私は三十五歳、彼は五十二歳。三十代とは実に魅力的な年齢で、五十代とは現実を見せつけられる年。とどのつまり、守りに入る年齢ということ。

彼は今の自分を守りたかったのです。

終わりは必ずあることを知らされました。

私の目に映ったのは魅力という言葉の姿を失った物体。目指す頂点が消えていました。


カミーユ・クローデル。

私の恋愛の世界に唯一入ってきた人。

そして、私の一番の理解者である女性と言えます（私の勝手な考えです）。

私が許されない恋愛に身を落としていた時、貴女《あなた》だけが味方に思えたのです。

貴女があの巨匠、オーギュスト・ロダンと出会ったのは、私が彼と出会った時と同じ十九歳。

ロダンの弟子《でし》となり、芸術に生きる二人は共に同じ頂点を目指し、互いに強く影響をしあう日々を過ごしたのですね。

女性の彫刻家を受け入れてはいなかったという時代。カミーユ・クローデル、貴女の才能はいつもロダンの陰に隠れざるを得なかった。

気丈なカミーユ、頑固なカミーユ、貴女の悲しさが解りすぎるほど解る。

本の中の貴女の写真と話す度に思うことは、いつも同じ。まっすぐ前を見ているその目の行き先は、何を見つめているだろうかということ——。

寂しそうな瞳、悲しそうな瞳、けれどキリリと結ばれた唇。遠く未来を見つめ、声に出さずに叫んでいる。「ロダン、貴男《あなた》を超える」と。

貴女はロダンを超えた世界で、決して形に仕上げることのできなかった彫刻を創り続けているのです。

手にすることのできなかった愛の形を創り続けているのでしょうか——。

カミーユ、私は思うのです。

貴女は精神を病んでなどいなかったのでは。芸術と恋愛の生活の中、癒されない失意と行き場のない心と時間がそうせざるを得ない状況をつくってしまったのではないのでは――。


ロダンの心を失い、作品を創るお金も機会もすべてをなくしてしまった貴女。

プライドの高い貴女は泣くことさえしなかったのではないでしょうか。

きっとすべてを否定したでしょうね。

カミーユ・クローデル、貴女は強い。貴女は気高い。

私と同じ十五年という年月をロダンに向けて、手にすることができなかった愛。それでも貴女の精神の純粋さは芸術が語っています。今でもその頂点だけを目指しているように思えます。


私は二人の生き様に多くを教えられていたにもかかわらず、迷路に入ってしまいました。

まだ迷路をぬけだせずにいるようです。

愛という神秘に惑わされています。

「愛されるより愛したい」と言いながら、自分しか愛せずにいるようです。

だから一人、生きてゆく道を選ばざるを得ないのかもしれません。

いつも語りかけずにいられません。「智恵子」「カミーユ」遥かな友へ呼びかけます。

「今も思うのです、狂喜の世界に生きられたら――」と許されないことを思ってしまうのです。

その世界を知らないから言えるのでしょう。

「今は、静かですか」

暦　――季節を生きて――

庭の東側二本の梅の木。

ゆるい春の日差しがあたる場所には毎年逸速く花を咲かせる一枝がありましたね。

花のまわりに流れる優しい香りに、春の訪れが確かなことと感じ思わず顔を見合わせたものでした。

きっと今年も梅の花が春を告げていますね。

かあさん、あなたが他界し、十三年後、父もそちらに行って家への足が遠くなりました。

お墓参りに行く時も家を素通り、お墓の高台から故郷の景色を眺め、家の屋根を確かめては思い出に話しかけるのが日常になってしまいました。

かあさん、私も年を重ねてしまいましたよ。

「老いる」ということを深く考えなければならない年になりました。

あなたのことを思い出すこの頃、少しの後悔とともにその時を振り返っては、今更自分を見つめ直している私です。

今日、いつも通う道の傍らに梅の綻びを目にして家の梅の木を思い出しました。

かあさんが大切に楽しみにしていた庭の花々、松の木の下には福寿草と春蘭《しゅんらん》、東側に枝をふやした雪柳、西側には紅梅、胡桃《くるみ》の木の下にはチューリップや水仙、あちこちから春がはじまりましたね。

春は畑仕事も始まり、忙しい毎日でした。

でもお彼岸を忘れることはありませんでしたね。

畑で穫れた小豆《あずき》で餡《あん》を、大豆で黄な粉を胡麻《ごま》を作り、ぼた餅を作って仏壇にお供えをしました。それを持ってお墓参り。お花もお水も掃除道具も持って皆で出掛けましたね。

きれいに掃除をし、冬の汚れを落とし、お水をあげ、花を飾り、お供え物をあげ、お線香に火をつける。時々聞こえるかあさんの声。いつもお墓に話しかけていましたね。それから皆で手を合わせ、ご先祖様に祈りを捧げました。

かあさん、あなたの所作が思い出されます。

お墓参りの帰り道は、私の大好きな時間だったこと、覚えているでしょ。あなたが教えてくれた春の野遊び、花摘みを忘れず、今も楽しみな時間になっています。

大きな池の土手の先、山の入口に墓地がありました。帰りの道すがら季節ごとの自然の恵みを教えてくれましたね。

山裾の道を歩きながら、ふきのとうをたくさん取りました。チョロチョロ流れる田んぼ道の沢には川芹が――。冷たい水など気にもせず摘んで帰りました。その日の夜の食事には春の恵みの天ぷら、和えもの、蕗味噌《ふきみそ》が並びましたね。そうそう、玄関には沢で見つけた「ねこ柳」を飾り、家の中は春一色になりました。

季節で忘れられないのは五月。兄が二人いた私の家は端午の節句には柏餅《かしわもち》をたくさん作りましたね。庭に太い柏の木がありました。その意味の奥深さに感心し、驚きを覚えたのでした。

家の家紋は、「丸に抱柏」だよ、覚えてね。柏の木の縁起、柏餅の由来はもっと深いもの。「柏の木の葉は次の新しい葉が出るまで古い葉は落ちない」、でしたね。

男の子の成長・子孫繁栄を願い、途切れることのない柏の葉で柏餅を作り、祝う。

今はあまり見かけなくなりましたが、菖蒲《しょうぶ》の葉を束ね、軒に吊るしたことを覚えています。それも厄除けのためと教えられましたね。

鯉のぼりは「鯉が龍門を登り龍になる」と、立身出世の願い込めて飾りました。

三月の女の子の節句、五月の男の子の節句、祝の形はさまざま。でもそれぞれに意味はあることを教えてくれましたね。

七夕祭りには竹を切ることからでしたね。飾りも全部手づくり。全部楽しい思い出になっています。

夏間近、庭の草花の中に真っ赤なほおずきの実が熟すと、実を取って中身を出して、空のほおずきにフッと息を吹き入れ、上手に舌でころがして鳴らしましたね。私はかあさんのようには鳴らすことができませんでした。

暑い陽射しを避け、木陰で農作業の手を休め、「季節の遊び」のひとつを教えてくれたかあさん。今でも夏の強い陽差しの中におほずきの鳴る音をさがしてしまいます。

夏休みは叱られるくらい勉強もしないで、野に山に兄と遊びまわりましたね。でもね、その楽しさを教えてくれたのもかあさんですよ。笑えます。

お盆が近づくと飾る花を集めるのも子供の作業でした。野山を遊びまわったことがここで役立ちました。

桔梗《ききょう》がどこにあり、女郎花《おみなえし》はどこで摘めるか。蓮の花はもちろん、あの池で。撫子《なでしこ》も芒《すすき》も全部自然からいただきました。かあさんの手づくりのおやきは楽しみでした。盆棚にお供えしお墓にも持っていきました。

「盆さん盆さんこの明かりで来てください」と、迎え火をたく意味、盆棚の飾りに胡瓜《きゅうり》の馬を作り、茄子の牛を作り飾ること。意味も年月を重ねる間に教えられていました。

古い日本の伝統、多くの行事、それぞれに多くの大切な意味があることを身を以て教えてくれたお陰で忘れずにいられます。

「盆さん盆さんこの明かりでお帰りください」と送り火をたく。来る時は早く来てと、馬で待っていますと伝える。帰りは牛でゆっくりと別れがたい気持ちを伝える。意味の深さに心洗われる思いでした。

九月、私の大好きな秋が訪れる頃、一日は短くなり一日がとても大切になります。

秋の彼岸、かあさんはおはぎを作ります。変わることなくお墓参りをし供養する日常を大切にしていました。その姿が忘れられません。

山の幸をいただきに歩きましたね。あけびを穫り、栗を拾い、きのこ狩りを楽しみました。私は穫ること、かあさんは料理することで同じ時間を過ごしていました。

実りの秋とはよく言ったものですね。池では鯉獲りがはじまり、川にはたくさんの鯉や鮒《ふな》が逃げだしました。それを捕まえに兄と私は川の下流へ。暗くなるまで川と魚と格闘し、いつもビチャビチャで帰って火燵《こたつ》にもぐり込みました。そんな二人をかあさんは笑って迎え、「寒いからはやく火燵に――」と着替えを用意してくれました。

大きな鯉は庭の池に放し、鮒は、かあさんが鉄鍋で煮てくれましたね。

今はあの味はありません。

火燵生活が多くなる秋の夜長、柿の皮をむき糸でくくり、吊し柿を作りましたね。他愛ない話をたくさんしながら夜が更けてゆきました。

寒さが厳しくなる頃、かあさんは「ハイ」と綿入半纏《はんてん》を着るようにと手渡してくれましたね。いつ縫っていたのでしょうか。夜業仕事をして作ってくれたのでしょうか。

あったかい絣柄の大好きな半纏でした。そのあたたかさを二度と手にすることはできないと、今更思い知らされています。

かあさん、もっと一緒にいたかった。

かあさん、もっと話をしたかった。

今あなたがここにいたら、聞きたいことはたくさんあります。解っているとは思うのだけれど――。

この後私は、老いの時間をどう生きよう。かあさん教えてください。後悔のない生き方を――。

もうすぐ春の彼岸です。

休日になったらお墓参りに行きます。

手づくりのぼた餅はないけれど、庭の花ではないけれど、かあさんの好きだったお菓子と好きだった花々を持って会いに行きます。

待っていてください。

あとがき

山へ、森の中へ――。

人込みの中ストレスを覚える時、私は自然の中に身を置く。山の風に吹かれ、木々に触れる。何より一人になれる場所で自問自答をし、自分がこの大自然の中のほんの一部であり、ちっぽけな小動物でしかないのだと実感する。自分は何も特別な人間でなく、ただ一人の自分でしかないのだと、これで良いのかと問いかける。

そして私の一番大切な瞬間、あの頃に帰る。野山を駆け回る、時間を忘れ年齢を忘れ、煩わしいすべてを忘れ、昔の自分に帰る。


接客業を生業《なりわい》にしてきた私、今の私をつくり上げてくれたのは出会った多くの方々であることは、私自身が一番解っている。

接客業の奥深さは言うまでもない。これで良しという答えはなく、接した方一人一人により答えが違うという難問中の難問――。

人間嫌い（大袈裟だったかな――）の私がなぜ接客業を生業としたか――。人間をつくりあげるには最高の仕事と考えられたからか――。

つまずきは数多く、泣きたくなることも少なくなかった。「なぜ」、「あの時こうしていれば」なんて反省、反省、また反省の毎日だった。

知らないうちに相手を傷つけていたこともある。そう思う時、私の人間性を深く考えずにいられなくなった。人を傷つけるのでなく、私が傷つく側になれるのならばそうなりたかった。できることならば、あの時に帰り、あの場面からもう一度やり直したい。

やり直しができないのが過去、消し去ることができないのが過去。そうなのですね。


人生の終章を迎えた今――。

今だから伝えておきたい言葉がある。

多くの出会いと別れがあった。

「さようなら」を告げないまま会えなくなってしまった人がいる。

別れたくなくても別れざるを得なかった人もいた。

その人たちに心から感謝をこめて今伝えたい。

「あの時はありがとう」と――。「会えて良かった」と――。

今も身近で友として、隣人としてともにいてくださる方へ、「いつもありがとう」と心からの感謝を――。
すべての時があったから、すべての方々との出会いが私を支えてくれたから、今の私がいるのだと――。

この本を出版するにあたり、多くの助言と力をくださったN氏、深く感謝する。ありがとうと、心から伝えたい。

最後にこれだけは言える。
振り返る過去であっても後悔だけはない。
だって父と母の娘だから――。
無言の言葉が今も聞こえてくる。
「後悔する人生だけはやめておけ」と。

著者プロフィール

今里 あきら（いまざと あきら）

1953年（昭和28年）2月6日生まれ。
長野県上田市出身。
上田市内の高等学校を卒業する。
同市内の商店にて販売業に就いたあと、松本市内のホテルへ転職し、接客業に就く。
その後、和のもてなしを身につけるために和風旅館に就職する。
2008年（平成20年）故郷に帰り、現在は福祉施設に勤務。

彼方より、彼方へ—— 今里あきら作品集

2015年5月15日　初版第1刷発行

著　者　今里 あきら
発行者　瓜谷 綱延
発行所　株式会社文芸社
〒160-0022　東京都新宿区新宿1－10－1
電話　03-5369-3060（編集）
03-5369-2299（販売）

印刷所　株式会社フクイン

ISBN978-4-286-16122-8